# 楚辭後語卷第三

## 絶命詞第十七

絶命詞者漢息夫躬之所作也躬以變告東平王雲祠祭祝詛事拜官封侯而雲坐誅死後又數上䟽論事語皆險譎竟以罪繫詔獄仰天大嘑絶咽而死躬以利口作姦死不償責而此詞乃以發忠忘身號于上帝甚矣其欺天也特以其詞高古似賈誼故録之而備其本末如此又以見文人無行之不足貴云



玄雲泱鬱將安歸兮鷹隼橫厲鸞徘徊兮泱烏朗反○泱鬱盛皃厲疾飛也鸞神鳥也徘徊不得其所也矰若浮猋動則機兮叢棘棧棧曷可棲兮猋必遥反棧仕巾反○矰弋射矢也猋疾風也機謂觸其機牙也棧衆盛皃發忠亡身自繞圂兮寃頸折翼庸得往兮圂與網同○寃屈也庸猶何也此上皆以鸞自喻也涕泣流兮萑蘭心結愲兮傷肝萑音桓愲音骨○萑蘭涕下闌干也結愲亂也虹蜺曜兮日微孽杳冥兮未開開叶音鷄○孽虹蜺覆日之氣也痛入天兮鳴嘑寃際絶兮誰語嘑火故反語牛助反○際交也仰

天光兮自列招上帝兮我察招呼也秋風爲我唫浮雲爲我陰唫古吟字嗟君是兮欲何留撫神龍兮攬其須留叶音閭或云如字而須叶音秋游曠迥兮反亡期雄失據兮世我思自言英雄失據後當爲世所思也

## 思玄賦第十八

晁氏曰思玄賦者漢特中張衡之所作也順帝引在幃幄諷諭左右嘗問衡天下所疾惡者宦官懼其毀己皆共目之衡乃詭對而出猶共危衡衡常思圖身之事以爲吉凶隱伏幽微難明迺作思玄賦以宣寄情志云



仰先哲之玄訓兮雖彌高其弗違匪仁里其焉宅兮匪義迹其焉追潛服膺以永靚兮綿日月而不衰伊中情之信脩兮慕古人之貞節竦余身而順止兮遵繩墨而不跌志團團以應懸兮誠心固其如結旌性行以制佩兮佩夜光與瓊枝纗幽蘭之秋華兮又綴之以江蘺美襞積以酷烈兮允塵邈而難虧既姱麗而鮮雙兮非是時之攸珍奮余榮而莫見兮播余香而莫聞幽獨守此仄陋兮敢怠皇而舍勤幸二八之遌虞兮喜傳說之生殷尚前良之遺風兮恫後辰而

無及何孤行之煢煢兮孑不羣而介立感鸞鷖之特棲兮悲淑人之稀合彼無合其何傷兮患衆僞之冒眞旦獲讟于羣弟兮啓金縢而乃信覽烝民之多僻兮畏立辟以危身曾煩毒以迷或兮羌孰可與言己私湛憂而深懷兮思繽紛而不理願竭力以守義兮雖貧窮而不改執雕虎而試象兮阽焦原而跟止庶斯奉以周旋兮要旣死而後已俗遷渝而事化兮泯規矩之圓方珍蕭艾於重笥兮謂蕙芷之不香斥西施而



弗御兮羈要褭以服箱行陂僻而獲志兮循法度而離殃惟天地之無窮兮何遭遇之無常不抑操而苟容兮譬臨河而無航欲巧笑以干媚兮非余心之所嘗襲溫恭之黻衣兮披禮義之繡裳辮貞亮以爲鞶兮雜技藝以爲珩昭綵藻與雕琢兮璜聲遠而彌長淹棲遲以恣欲兮燿靈忽其西藏恃已知而華予兮鶗鴂鳴而不芳冀一年之三秀兮遒白露之爲霜時亹亹而代序兮疇可與其比伉咨妒嫮之難並兮想依韓

以流亡恐漸冉而無成兮留則蔽而不章心猶
與而狐疑兮即岐阯而攄情文君爲我端蓍兮
利飛遁以保名歷衆山以周流兮翼迅風以揚
聲二女感於崇岳兮或冰折而不營天蓋高而
爲澤兮誰云路之不平勔自強而不息兮蹈玉
階之嶢崢懼筮氏之長短兮鑽東龜以觀禎遇
九皐之介鳥兮怨素意之不逞遊塵外而瞥天
兮據冥翳而哀鳴鶗鴂競於貪婪兮我脩絜以
益榮子有故於玄鳥兮歸母氏而後寧占既吉
而無悔兮簡元辰而俶裝旦余沐於清原兮晞
余髮於朝陽漱飛泉之瀝液兮咀石菌之流英
翾鳥舉而魚躍兮將往走乎八荒過少皞之窮
野兮問三丘乎句芒何道真之淳粹兮去穢累
而票輕登蓬萊而容與兮鼇雖抃而不傾留瀛
洲而採芝兮聊且樂乎長生憑歸雲而遐逝兮
夕余宿乎扶桑噏青岑之玉醴兮餐沆瀣以爲
糧發昔夢於木禾兮穀崑崙之高岡朝吾行於
湯谷兮從伯禹於稽山集羣神之執玉兮疾防

風之食言指長沙以邪徑兮存重華乎南鄰哀
二妃之末從兮翩儐處彼湘瀕流目䀩夫衡阿
兮睹有黎之圯墳痛火正之無懷兮託山陂以
孤覓愁蔚蔚以慕遠兮越卭州而愉敖隮日中
于昆吾兮憩炎天之所陶揚芒熛而絳天兮水
泫沄而涌濤溫風翕其增熱兮慦鬱邑其難聊
顤羈旅而無友兮余安能乎留茲顧金天而歎
息兮吾欲往乎西嬉前祝融使舉麾兮纚朱鳥
以承旗躔建木於廣都兮拓若華而躊躇超軒



轅於西海兮跨汪氏之龍魚聞此國之千歲兮
曾焉足以娛余思九土之殊風兮從蓐收而遂
徂欻神化而蟬蛻兮朋精粹而為徒蹶白門而
東馳兮云台行乎中野亂弱水之潺湲兮逗華
陰之湍渚號馮夷俾清津兮櫂龍舟以濟予會
帝軒之未歸兮悵相佯而延佇呬河林之蓁蓁
兮偉關雎之戒女黃靈詹而訪命兮摎天道其
焉如曰近信而遠疑兮六籍闕而不書神逵昧
其難覆兮疇克謨而從諸牛哀病而成虎兮雖

逢昆其必噬鼈令殪而尸亡兮取蜀禪而引世死生錯而不辨兮雖司命其不晰賓號行於代路兮後膺祚而繁廡王肆侈於漢廷兮卒銜恤而絕緒尉厖眉而郎潛兮逮三葉而遘武董弱冠以司袞兮設王隧而弗處夫吉凶之相仍兮恒反側而靡所穆負天以悦牛兮豎亂叔而幽主文斷祛而忌伯兮閹謁賊而寧后通人闇於好惡兮豈愛惑之能剖嬴擿讖而戒胡兮備諸外而發內或輦賄而違車兮孕行產而爲對愼



竈顯於言天兮占水火而妄誶梁叟患夫黎丘兮丁厥子而事刃親所睇而弗識兮矧幽冥之可信毋綿攣以涬己兮思百憂以自疢彼天監之孔明兮用棐忱而佑仁湯蠲體以禱祈兮蒙厖褫以拯人景三慮以營國兮熒惑次於它辰魏顆亮以從理兮鬼亢回以敝秦咎繇邁而種德兮樹德茂乎英六桑末寄夫根生兮卉既彫而已毓有無言而不讎兮又何往而不復盍遠迹以飛聲兮孰謂時之可蓄仰矯首以遙望兮

魂懺惘而無儔偪區中之隘陋兮將北度而宣
遊行積冰之磑磑兮清泉冱而不流寒風淒而
永至兮拂穹岫之騷騷玄武縮於殼中兮螣蛇
蜿而自糾魚矜鱗而并凌兮鳥登木而失條坐
太陰之屏室兮慨含欷而增愁怨高陽之相寓
兮伷顓頊而宅幽庸織絡於四裔兮斯與彼其
何瘳望寒門之絕垠兮縱余緤乎不周迅飇潚
其媵我兮鶩翩飄而不禁趨谽嘲之洞穴兮摽
通淵之碄碄經重陰乎寂寞兮愍墳羊之潛深

追慌忽於地底兮軼無形而上浮出右密之闇
野兮不識蹊之所由速燭龍令執炬兮過鍾山
而中休瞰瑶谿之赤岸兮弔祖江之見劉聘王
母於銀臺兮羞玉芝以療飢戴勝慭其既歡兮
又誚余之行遲載太華之玉女兮召洛浦之宓
妃咸姣麗以蠱媚兮增嫮眼而蛾眉舒妙婧之
纖腰兮揚雜錯之袿徽離朱脣而微笑兮顏的
礰以遺光獻環琨與璵縞兮申厥好以玄黃雖
色豔而賂美兮志浩蕩而不嘉雙材悲於不納

兮並詠詩而清歌歌曰天地烟熅百卉含蘤鳴
鶴交頸雎鳩相和處子懷春精魂回移如何淑
明忘我實多將荅賦而不暇兮爰整駕而亟行
瞻崑崙之巍巍兮臨縈河之洋洋伏靈龜以負
坻兮亘螭龍之飛梁登閬風之曾城兮搆不死而
爲牀屑瑤蘂以爲糇兮斟白水以爲漿抨巫咸
以占夢兮迺貞吉之元符滋令德於正中兮含
嘉秀以爲敷既垂穎而顧本兮爾要思乎故居
安和靜而隨時兮姑純懿之所廬戒庶寮以夙



會兮僉恭職而並迓豐隆軒其震霆兮列缺爗
其照夜雲師黮以交集兮凍雨沛其灑塗轙琱
輿而樹葩兮擾應龍以服輅百神森其備從兮
屯騎羅而星布振余袂而就車兮脩劒揭以低
昂冠喦喦其映蓋兮佩綝纚以煇煌僕夫儼其
正策兮八乘攄而超驤氛旄溶以天旋兮蜺旌
飄而飛揚撫軨軹而還睨兮心灼藥其如湯羨
上都之赫戲兮何迷故而不忘左青琱以揵芝
兮右素威以司鉦前長離使拂羽兮委水衡乎

玄冥屬箕伯以函風兮澂澒涊而爲清曳雲旗
之離離兮鳴玉鸞之譻譻涉清霄而升遐兮浮
蔑蒙而上征紛翼翼以徐戾兮焱回回其揚靈
叫帝閽使闢扉兮覿天皇于瓊宫聆廣樂之九
奏兮展洩洩以肜肜考理亂於律鈞兮意建始
而思終惟盤逸之無斁兮懼樂往而哀來素撫
弦而餘音兮大容吟曰念哉既防溢而靜志兮
迨我暇以翱翔出紫宫之肅肅兮集大微之閬
閬命王良掌策駟兮踰高閣之鏘鏘建罔車之
幕幕兮獵青林之芒芒彎威弧之撥刺兮射嶓
冢之封狼觀壁壘於北落兮伐河鼓之磅硠乘
天潢之汎汎兮浮雲漢之湯湯倚招搖攝提以
低回剹流兮察二紀五緯之綢繆遹皇偃蹇夭
矯娩以連卷兮雜沓叢顇颯以方驤戫汨飂戾
沛以罔象兮爛漫麗靡藐以迭逿凌驚雷之砊
礚兮弄狂電之淫裔踰庬澒於宕冥兮貫倒景
而高厲廓盪盪其無涯兮乃今窺乎天外據開
陽而頫眄兮臨舊鄉之暗藹悲離居之勞心兮

情悄悄而思歸魂眷眷而屢顧兮馬倚輈而徘
回雖遨遊以媮樂兮豈愁慕之可懷出閶闔兮
降天塗乘飈忽兮馳虛無雲霏霏兮繞余輪風
眇眇兮震余旟繽聯翩兮紛暗曖倏眩眃兮反
常閭收疇昔之逸豫兮卷淫放之遐心脩初服
之娑娑兮長余珮之參參文章煥以粲爛兮美
紛紜以從風御六藝之珍駕兮遊道德之平林
結典籍而爲罟兮敺儒墨而爲禽玩陰陽之變
化兮詠雅頌之徽音嘉曾氏之歸耕兮慕歷陵



之欽崟共夙昔而不貳兮固終始之所服也夕
惕若厲以省諐兮懼余身之未勑也苟中情之
端直兮莫吾知而不恧墨無爲以凝志兮與仁
義乎消搖不出戶而知天下兮何必歷遠以劬
勞系曰天長地久歲不留俟河之清祗懷憂願
得遠度以自娛上下無常窮六區超踰騰躍絕
世俗飄飄神舉逞所欲天不可階仙夫希栢舟
悄悄吝不飛松喬高跱孰能離結精遠遊使心
攜回志朅來從玄謀獲我所求夫何思

# 悲憤詩第十九

晁氏曰悲憤詩者漢中郎蔡邕女琰之所作也琰嫁爲衛仲道妻遭亂爲胡騎所獲沒於南匈奴左賢王者十二年爲生二子曹操素善邕痛其無後以金璧重賂贖之而重歸於董祀琰自傷失節而不能忘其二子爲作此辭

嗟薄祐兮遭世患宗族殄兮門戶單身執略兮入西關歷險阻兮之羌蠻山谷眇兮路曼曼眷東顧兮但悲歎冥當寢兮不能安飢當食兮不能餐常流涕兮眥不乾薄志節兮念死難雖苟活兮無形顏惟彼方兮遠陽精陰氣凝兮雪夏零沙漠壅兮塵冥冥有草木兮春不榮人似禽兮食臭腥言兜離兮狀窈停歲聿暮兮時邁征夜悠長兮禁門扃不能寐兮起屏營登胡殿兮臨廣庭玄雲合兮翳月星北風厲兮肅泠泠胡笳動兮邊馬鳴孤鴈歸兮聲嚶嚶樂人興兮彈琴箏音相和兮悲且清心吐思兮匈憤盈欲舒氣兮恐彼驚含哀咽兮涕沾頸家既迎兮當歸寧臨長路兮捐所生兒呼母兮號失聲我掩耳兮不忍聽追持我兮走煢煢頓復起兮毀顏形

還顧之兮破人情心怛絶兮死復生

胡笳第二十

胡笳者蔡琰之所作也東漢文士有意於騷者多矣不録而獨取此者以爲雖不規規於楚語而其哀怨發中不能自已之言要爲賢於不病而呻吟者也范史乃棄不録而獨載其悲憤二詩二詩詞意淺促非此詞比眉山蘇公巳辯其妄矣蔚宗文下固有不詧歸來子祖屈而宗蘇亦未聞此



何邪琰失身胡虜不能死義固無可言然猶能知其可恥則與楊雄反騷之意又有間矣今録此詞非恕琰也亦以甚雄之惡云爾

我生之初尚無爲我生之後漢祚衰天不仁兮降亂離地不仁兮使我逢此時干戈日尋兮道路危民卒流亡兮共哀悲煙塵蔽野兮胡虜盛志意乖兮義節虧對殊俗兮非我宜遭惡辱兮當告誰笳一會兮琴一拍心憤怨兮無人知

戎羯逼我兮為室家將我行兮向天涯雲山萬
重兮歸路遐疾風千里兮揚塵沙人多暴猛兮
如虺蛇控弦被甲兮為驕奢兩拍張絃兮絃欲
絶志摧心折兮自悲嗟
越漢國兮入胡城亡家失身兮不如無生氈裘
為裳兮骨肉震驚羯羶為味兮枉遏我情鞞鼓
喧兮從夜達明胡風浩浩兮暗塞營傷今感昔
兮三拍成銜悲畜恨兮何時平
無日無夜兮不思我鄉土稟氣含生兮莫過我
最苦天災國亂兮人無主唯我薄命兮沒戎虜
殊俗心異兮身難處嗜欲不同兮誰可與語尋
思涉歷兮多艱阻四拍成兮益悽楚
鴈南征兮欲寄邊聲鴈北歸兮為得漢音鴈飛
高兮邈難尋空斷腸兮思愔愔攢眉向月兮撫
雅琴五拍泠泠兮意彌深
氷霜凜凜兮身苦寒飢對肉酪兮不能飡夜聞
隴水兮聲嗚咽朝見長城兮路杳漫追思往日
兮行李難六拍悲來兮欲罷彈

日暮風悲兮邊聲四起不知愁心兮說向誰是
原野蕭條兮烽戍萬里俗賤老弱兮少壯爲美
逐有水草兮安家葺壘牛羊滿野兮聚如蜂蟻
草盡水竭兮羊馬皆徙七拍流恨兮惡居於此
爲天有眼兮何不見我獨漂流爲神有靈兮何
事處我天南海北頭我不負天兮天何配我殊
匹我不負神兮神何殛我越荒州製兹八拍兮
擬俳優何知曲成兮心轉愁



天無涯兮地無邊我心愁兮亦復然人生倏忽
兮如白駒之過隙然不得歡樂兮當我之盛年
怨兮欲問天天蒼蒼兮上無緣舉頭仰望兮空
雲煙九拍懷情兮誰與傳
城頭烽火不曾滅疆場征戰何時歇殺氣朝朝
衝塞門胡風夜夜吹邊月故鄉隔兮音塵絕哭
無聲兮氣將咽一生辛苦兮緣別離十拍悲深
兮淚成血
我非貪生而惡死不能捐身兮心有以生仍冀得
兮歸桑梓死當埋骨兮長已矣日居月諸兮在

戎壘胡人寵我兮有二子鞠之育之兮不羞恥
愍之念之兮生長邊鄙十有一拍兮因茲起哀
響纏綿兮徹心髓
東風應律兮暖氣多知是漢家天子兮布陽和
羌胡蹈舞兮共謳歌兩國交歡兮罷兵戈忽遇
漢使兮稱近詔遣千金兮贖妾身喜得生還兮
逢聖君嗟别稚子兮會無因十有二拍兮哀樂
均去住兩情兮誰具陳
不謂殘生兮却得旋歸撫抱胡兒兮泣下沾衣



漢使迎我兮四牡騑騑號失聲兮誰得知與我
生死兮逢此時愁爲子兮日無光輝焉得羽翼
兮將汝歸一步一遠兮足難移魂消影絶兮恩
愛遺十有三拍兮絃急調悲肝腸攪刺兮人莫
我知
身歸國兮兒莫知隨心懸懸兮長如飢四時萬
物兮有盛衰唯我愁苦兮不暫移山高地闊兮
見汝無期更深夜闌兮夢汝來斯夢中執手兮
一喜一悲覺後痛吾心兮無休歇時十有四拍

兮涕淚交垂河水東流兮心是思

十五拍兮節調促氣填胷兮誰識曲處穹廬兮偶殊俗願得歸來兮天從欲再還漢國兮歡心足心有懷兮愁轉深日月無私兮曾不照臨子母分離兮意難任同天隔越兮如商參生死不相知兮何處尋

十六拍兮思茫茫我與兒兮各一方日東月西兮徒相望不得相隨兮空斷腸對萱草兮憂不忘彈鳴琴兮情何傷今別子兮歸故鄉舊怨平兮新怨長泣血仰頭兮訴蒼蒼胡爲生我兮獨罹此殃



十七拍兮心鼻酸關山阻脩兮行路難去時懷土兮心無緒來時別兒兮思漫漫塞上黃蒿兮枝枯葉乾沙場白骨兮刀痕箭瘢風霜凛凛兮春夏寒人馬飢豗兮筋力單豈知重得兮入長安歎息欲絕兮淚闌干

胡笳本出自胡中緣琴翻出音律同十八拍兮曲雖終響有餘兮思無窮是知絲竹微妙兮均

造化之功哀樂各隨人心兮有變則通胡與漢

兮異域殊風天與地隔兮子西母東苦我怨氣

兮浩於長空六合雖廣兮受之應不容

楚辭後語卷第三

# 楚辭後語卷第四

## 登樓賦第二十一

登樓賦者魏侍中王粲之所作也歸來子曰粲詩有古風登樓之作去楚詞遠又不及漢然猶過曹植潘岳陸機愁詠閑居懷舊衆作蓋魏之賦極此矣

登茲樓以四望兮聊假日以銷憂覽斯宇之所處兮實顯敞而寡仇挾清漳之通浦兮倚曲沮之長洲背墳衍之廣陸兮臨皐隰之沃流北彌陶牧西接昭丘華實蔽野黍稷盈疇雖信美而



非吾土兮曾何足以少留遭紛濁而遷逝兮漫踰紀以迄今情眷眷而懷歸兮孰憂思之可任凴軒檻以遥望兮向北風而開襟平原遠而極目兮蔽荆山之高岑路逶迤而脩迥兮川既漾而濟深悲舊鄉之擁隔兮涕横墜而弗禁昔尼父之在陳兮有歸歟之歎音鍾儀幽而楚奏兮莊舄顯而越吟人情同於懷土兮豈窮達而異心惟日月之逾邁兮俟河清乎其未極兾王道

之一平兮假高衢而騁力懼匏瓜之徒懸兮畏
井渫之莫食步棲遲以徙倚兮白日忽其將匿
風蕭瑟而竝興兮天慘慘其無色獸狂顧以求
羣兮鳥相鳴而舉翼原野闃其無人兮征夫行
而未息心悽愴以感發兮意忉怛而憯惻循階
除而下降兮氣交憤於胷臆夜參半而不寐兮
悵盤桓以反側

歸去來詞者晉處士陶潛淵明之所作也
潛有高志遠識不能俯仰時俗嘗為彭澤
令督郵行縣且至吏白當束帶見之潛歎



曰吾安能為五斗米折腰向鄉里小兒耶
即日解印綬去作此詞以見志後以劉裕
將移晉祚恥事二姓遂不復仕宋文帝時
特徵不至卒謚靖節徵士歐陽公言兩晉
無文章幸獨有此篇耳然其詞義夷曠蕭
散雖託楚聲而無其尤怨切蹙之病云

歸去來兮田園將蕪胡不歸既自以心為形役

奚惆悵而獨悲悟已往之不諫知來者之可追實迷途其未遠覺今是而昨非舟遥遥以輕颺風飄飄而吹衣問征夫以前路恨晨光之熹微乃瞻衡宇載欣載奔童僕歡迎稚子候門三徑就荒松菊猶存攜幼入室有酒盈罇引壺觴以自酌眄庭柯以怡顏倚南窻以寄傲審容膝之易安園日涉以成趣門雖設而常關策扶老以流憩時矯首而遐觀雲無心以出岫鳥倦飛而知還景翳翳以將入撫孤松而盤桓歸去來兮



請息交以絕游世與我而相遺復駕言兮焉求悅親戚之情話樂琴書以消憂農人告余以春將有事乎西疇或命巾車或棹孤舟既窈窕以尋壑亦崎嶇而經丘木欣欣以向榮泉涓涓而始流善萬物之得時感吾生之行休已矣乎寓形宇內能復幾時曷不委心任去留胡爲遑遑欲何之富貴非吾願帝鄉不可期懷良辰以孤往或植杖而耘耔登東皋以舒嘯臨清流而賦詩聊乘化以歸盡樂夫天命復奚疑

## 鳴臯歌第二十三

鳴臯歌者唐翰林供奉李白之所作也白天才絶出尤長於詩而賦不能及魏晉獨此篇近楚辭然歸來子猶以爲白才自逸蕩故或離而去之者亦爲知言云

若有人兮思鳴臯阻積雪兮心煩勞洪河淩兢不可以逕度氷龍鱗兮難容舠邈仙山之峻極兮聞天籟之嘈嘈霜崖縞皓以合沓兮若長風扇海湧滄溟之波濤玄猨緑羆舔舕崟岌危柯振石駭膽慄魄羣呼而相號峯崢嶸以路絶挂星辰於巖嶅送君之歸兮動鳴臯之新作交鼓吹兮彈絲觴淸泠之池閣君不行兮何待若返顧之黄鶴掃梁園之羣英振大雅於東洛巾征軒兮歴阻折尋幽居兮越巘崿盤白石兮坐素月琴松風兮寂萬壑望不見兮心氤氳蘿冥冥兮霰紛紛水横洞以下渌波小聲而上聞虎嘯谷而生風龍藏谿而吐雲寡鶴淸唳飢鼯嚬呻塊獨處此幽默兮愀空山而愁人雞聚族以爭

食鳳孤飛而無鄰蝘蜓嘲龍魚目混珍嫫母衣錦西施負薪若使巢由桎梏於軒冕兮亦奚異乎夔龍蹩躠於風塵哭何苦而救楚笑何誇而却秦吾誠不能學二子沽名矯節以耀世兮固將棄天地而遺身白鷗兮飛來長與君兮相親

引極第二十四

引極者唐容管經略使元結之所作也歸來子曰結性耿介有憂道閔俗之意天寶之亂或仕或隱自謂與世聱牙故其見於文字者亦冲澹而隱約譬古鍾磬不諧於里耳而詞義幽眇玩之翛然若有塵外之趣云

天曠漭兮杳泱茫氣浩浩兮色蒼蒼上何有兮人不測積清寥兮成元極彼元極兮靈且異思一見兮藐難致思不從兮空自傷心慘勞兮意惶懹思假翼兮鸞皇乘長風兮上羾揖元極兮本深實湌至和兮永終日

山中人第二十五

山中人者唐尚書右丞王維之所作也維以詩名開元間遭祿山亂陷賊中不能死事平復幸不誅其人既不足言詞雖清雅亦萎弱少氣骨獨此篇與望終南迎送神為勝云

山寂寂兮無人又蒼蒼兮多木羣龍兮滿朝君何為兮空谷文寡和兮思深道難知兮行獨悅石上兮流泉與松閒兮草屋入雲中兮養雞上山頭兮抱犢神與棗兮如瓜虎賣杏兮收穀媿不才兮妨賢嫌既老兮貪祿誓解印兮相從何詹尹兮可卜

山中人兮欲歸雲冥冥兮雨霏霏水驚波兮翠菅靡白鷺忽兮翻飛君不可兮褰衣山萬重兮一雲混天地兮不分樹晻曖兮氛氳猿不見兮空聞忽山西兮夕陽見東皋兮遠村平蕪綠兮千里眇惆悵兮思君



## 望終南第二十六

望終南者王維之所作也

晚下兮紫微悵塵事兮多違駐駟馬兮雙樹望
青山兮不歸

魚山迎送神曲第二十七

魚山迎送神曲者王維之所作也

坎坎擊鼓魚山之下吹洞簫望極浦女巫進紛
屢舞陳瑤席湛清酤風凄凄兮夜雨神之來兮
不來使我心兮苦復苦紛進拜兮堂前目眷眷
兮瓊筵來不語兮意不傳作暮雨兮愁空山悲
急管思繁絃靈之駕兮儼欲旋倏雲收兮雨歇



山青青兮水潺湲

日晚歌第二十八

日晚歌者唐著作郎顧況之所作也況詩
有集然皆不及其見於韋應物詩集者之
勝歸來子録其楚語三章以爲可與王維
相上下于讀之信然然其朝上清者有曰
和爲舟兮靈爲馬因乘之觴于瑤池之上
兮三光羅列而在下則意非維所能及然
它語殊不近故不得取而獨采此篇亦以

爲氣雖淺短而意若差健云

日窅窅兮下山望佳人兮不還花落兮屋上草生兮階閒日日兮春風芳菲兮欲歇老不可兮更少君胡爲兮輕別

## 復志賦第二十九

晁氏曰復志賦者唐文公韓愈之所作也其自敘云愈從隴西公平汴州其明年七月有負薪之疾退休于居作復志賦以唐書考之隴西公蓋董晉也漢仲舒之後目廣川徙隴西云初貞元十一年宣武李萬榮死李迺作亂鄧惟恭縛迺以歸朝廷伏誅德宗詔晉節度宣武軍始奏愈觀察推官晉受命不召兵直造汴惟恭謀亂晉覺之械送京師軍迺安愈敘稱明年則貞元十二年也蓋愈自傷幼學既壯而弗獲思復其志以晉知己欲去未可云

居悒悒之無解兮獨長思而永歎豈朝食之不飽兮寧冬裘之不完昔余之既有知兮誠坎軻而艱難當歲行之未復兮從伯氏以南遷凌大江之驚波兮過洞庭之漫漫至曲江而乃息兮逾南紀之連山嗟日月其幾何兮攜孤嫠而北旋值中原之有事兮將就食於江之南始專專於講習兮非詁訓爲無所用其心窺前靈之逸

迹兮超孤舉而幽尋既識路又疾驅兮孰知余力之不任考古人之所佩兮閱時俗之所服忽忘身之不肖兮謂青紫其可拾自知者爲明兮故吾之所以爲惑擇吉日余西征兮亦既造夫京師君之門不可逕而入兮遂從試於有司惟名利之都府兮羌衆人之所馳競乘時而射勢兮紛變化其難推全純愚以靖處兮將與彼而異宜欲奔走以及事兮顧初心而自非朝馳騖乎書林兮夕翱翔乎藝苑諒却步以圖前兮不



浸近而逾遠哀白日之不與吾謀兮至今十年其猶初豈不登名於一科兮曾不補其遺餘進既不獲其志願兮退將遁而窮居排國門而東出兮嗟余行之舒舒時渫高以迴顧兮涕泣下而交如戾洛師而悵望兮聊浮遊以躊躇假火龜以視兆兮求幽貞之所廬甘潜伏以老死兮不顯著其名譽非夫子之洵美兮吾何爲乎浚之都小人之懷惠兮猶知獻其至愚固余卑於牛馬兮寧止乎飲水而求芻伏門下之默默兮

竟歲年以康娛時乘閒以獲進兮顏垂歡而愉愉
愉仰盛德以安窮兮又何忠之能輸昔余之約
吾心兮誰無施而有獲嫉貪佞之洿濁兮曰吾
其既勞而後食懲此志之不脩兮愛此言之不
可忘情怊悵以自失兮心無歸而茫茫苟不內
得其如斯兮孰與不食而高翔抱關之阨陋兮
有肆志之陽陽伊尹之樂於畎畝兮焉富貴之
能當恐誓言之不固兮斯自誦以成章往者不
可復兮冀來今之可望



## 閔己賦第三十

晁氏曰閔己賦者韓愈之所作也愈去汴州依武寧張建封辟府推官以鯁直稱後遷監察御史上疏極論宮市德宗怒貶陽山令時貞元十八年也憲宗即位始召爲國子博士稍遷職方員外郎坐論柳澗事復爲博士愈才高數黜官頗自傷其不遇故此賦云就水草以休息兮恒未安而既危君子有失其所兮小人有得其時蓋思古人靜俟之義以自堅其志終之於無悶云

余悲不及古之人兮伊時勢而則然獨閔閔其曷已兮凴文章以自宣昔顏氏之庶幾兮在隱約而平寬固哲人之細事兮夫子乃嗟嘆其賢

惡飲食乎陋巷兮亦足以頤神而保年有至聖而爲之依歸兮又何苦不自得於艱難曰余昏昏其無類兮望夫人其已還行舟檝而不識四方兮涉大水之漫漫勤祖先之所貽兮勉汲汲於前脩之言雖舉足以蹈道兮哀與我者爲誰衆皆捨而已用兮忽自惑其是非下土茫茫其廣大兮余豈不知其可懷就水草以休息兮恒未安而既危久拳拳其何故兮亦天命之本宜惟否泰之相極兮咸一得而一違君子有失其所兮小人有得其時聊固守以靜俟兮誠不及古之人兮其焉悲



## 別知賦第三十一

晁氏曰別知賦者韓愈之所作也愈論宮市貶陽山之明年則歲癸未也時楊儀之爲湖南支使以使來愈愛儀之以謂智足以造謀才足以立事忠足以勸上恵足以存下又後之以詩書六藝之學宜其從事於是府而流聲實於天朝也以比宣州李博崔羣賓主謂非已以爲邑長於斯而媚夫人者比以送楊歸湖南序考之愈自謂知儀之故於其別爲此賦不知與閔已孰先後而復志閔已愈自道也故以先別知

余取友於天下將歲行之兩周下何深之不即

上何高之不求紛擾擾而旣多咸喜能而好修
寧安顯而獨裕顚阨窮而其愁惟知心而難得
斯百一而爲收歲癸未而遷逐侶蟲蛇於海陬
遇夫人之來使闢公館以羅羞索微言於亂志
發孤笑於羣憂物何深而不考理何隱而不抽
始參差以異序卒爛漫而同流何此歡之不可
恃遂駕馬以廻轅山礉嗷其相軋樹蓊蓊其相
摎雨浪浪其不止雲浩浩其常浮知來者不可
以數哀去此以無由倚郭郛而掩涕空盡日以
遲留



訟風伯第三十二

晁氏曰訟風伯者韓愈之所作也旱以諭時澤不下流風以比小人實爲此厲雲以媲君子欲施而不可得以夫爲此厲者間之也此楚辭也而近詩挍畀有昊之義故繫之於此云

維茲之旱兮其誰之由我知其端兮風伯是尤
山升雲兮澤上氣雷鞭車兮電搖幟雨寖寖兮
將欲墜風伯怒兮雲不得止暘烏之仁兮念此
下民閟其光兮不鬬其神嗟風伯兮其將謂何

我於爾兮豈有其他求其時兮修祀事羊甚肥兮酒甚旨食足飽兮飲足醉風伯之怒兮誰使雲屏屏兮吹使醨之氣將交兮吹使離之鑠之使氣不得化寒之使雲不得施嗟爾風伯欲逃其罪其又何辭上天孔明兮有紀有綱令我上訟兮其罪誰當天誅加兮不可悔風伯雖死兮人誰爾傷

## 弔田橫文第三十三

晁氏曰弔田橫文者韓愈之所作也愈有大志不爲世知故行經橫墓感其義高能得士而取酒祭橫爲文以弔之有傷時思古慨然有不可復見之意然田橫安足道哉故其言曰非今世之所希孰爲使余欷歔而不可禁也又唐宰相如董晉亦未足言而晉爲汴州纔奏愈從事愈終始感遇語稱隴西公而不姓後從裴度亦自謂度知己然度亦終不引愈共天下事自古以文學擅世名世忌之卒不得大柄雖有世名如世不知故愈躊躇發憤太息於區區之橫以謂夫苟如橫之好士天下將有賢於五百人者至焉



事有曠百世而相感者余不自知其何心非今世之所稀孰爲使余歔欷而不可禁余旣博觀乎天下曷有庶幾乎夫子之所爲死者不復生

嗟余去此其從誰當秦氏之敗亂得一士而可王何五百人之擾擾而不能脱夫子於劒鋩抑所寶之非賢亦天命之有常昔闕里之多士孔聖亦云其遑遑苟余行之不迷雖顛沛其何傷自古死者非一夫子至今有耿光跽陳辭而薦酒魂髣髴而來享

享羅池第三十四

晁氏曰享羅池者韓愈之所作也愈善柳宗元宗元爲柳州刺史且死語其所常與遊者曰吾謫於此與若等相好也明年吾當死死而爲神若等祠我如期而歿爲羅池神且能動於靈響愈傷宗元爲銘以實其事自唐史臣非之夫神不可知孔子所不語雖然此非銘羅池神之文也愈弔宗元之文也



荔子丹兮蕉黃雜肴蔬兮進侯堂侯之舩兮兩旗度中流兮風泊之待侯不來兮不知我悲侯乘駒兮入廟慰我民兮不嚬以笑鵝之山兮柳之水桂樹團團兮白石齒齒侯朝出游兮暮來歸春與猨吟兮秋鶴與飛北方之人兮爲侯是非千秋萬歲兮侯無我違福我兮壽我驅厲鬼兮山之左下無苦濕兮高無乾杭稌充羡兮蛇

蛟結蟠我民報事兮無怠其始自今兮欽于世世

## 琴操第三十五

晁氏曰琴操者韓愈之所作也愈博學羣書奇辭奧旨如取諸室中物以其所涉博故能約而爲此也夫孔子於三百篇皆弦歌之操亦弦歌之辭也其取興幽眇怨而不言最近離騷本古詩之衍者至漢而衍極故離騷亡操與詩賦同出而異名蓋衍復於約者約故去古不遠然則後之欲爲離騷者惟約猶近之十操取其四以近楚辭其刪六首者詩也

將歸操孔子之趙聞殺鳴犢作



秋之水兮其色幽幽我將濟兮不得其由涉其淺兮石齧我足乗其深兮龍入我舟我濟而悔兮將安歸尤歸乎歸乎無與石鬬兮無應龍求

龜山操孔子以季桓子受齊女樂諫不從望龜山而作

龜之氣兮不能雲雨龜之枿兮不中梁柱龜之大兮秖以奄魯知將隳兮哀莫余伍周公有鬼兮嗟余歸輔

拘幽操文王羑里作

目揜揜兮其凝其盲耳肅肅兮聽不聞聲朝不
日出兮夜不見月與星有知無知兮爲死爲生
嗚呼臣罪當誅兮天王聖明

殘形操曾子夢見一貍不見其首作

有獸維貍兮我夢得之其身孔明兮而頭不知
吉凶何爲兮覺坐而思巫咸上天兮識者其誰



楚辭後語卷第四

# 楚辭後語卷第五

## 招海賈文第三十六

晁氏曰招海賈文者唐柳州刺史柳宗元之所作也昔屈原不遇於楚徬徨無所依欲乘雲騎龍遨遊八極以從己志而不可猶怛然念其故國至於將死精神離散四方上下無所不往又有衆鬼虎豹怪物之害故大招招其魂而復之言皆不若楚國之樂者招海賈文雖變其義蓋取諸此也言賈尚不可爲而又浮於海大泊𣵠淪八方易位魚龍神怪其禍不測孰與上黨易野出入無虞而可樂哉上黨亦晉地宗元以謂崎嶇冒利遠而不復不如已故鄉常產之樂亦以諷世之士行險以徼幸不如居易以俟命云

咨海賈兮君胡以利易生而卒離其形大海盪泊兮顛倒日月龍魚傾側兮神怪隳豗突滄涬無形兮往來遽卒陰陽開闔兮氛霧滃渤君不返兮逝恍惚舟航軒昂兮下上飄鼓騰趠嶢嵲兮萬里一覩羣入泓坳兮視天若畝奔螭出抃兮翔鵬振舞天吳九首兮更笑迭怒垂涎閃舌兮揮霍旁午君不返兮終爲虜黑齒棧齴鱗文肌三角駢列耳離披反齗叉牙踔嶔崖蛇首豨鬣虎豹皮羣没互出讙遨嬉臭腥百里霧雨瀰君

不返兮以充飢溺水蓄縮其下不極投之必沉
負羽無力鯨鯢疑畏淫淫嶷嶷君不返兮卒自
賊怪石森立涵重淵高下迾置滔危顛崩濤搜
疏剡戈鋋君不返兮若沉顛其外大泊泙奫淪
終古迴薄旋天垠八方易位更錯陳君不返兮
亂星辰東極傾海流不屬泯泯超忽紛盪沃殆
而一跌兮沸入湯谷舳艫霏解梢若木君不返
兮魂焉薄海若嗇貨號風雷巨鼇頷首丘山頽
猖狂震虢翻九垓君不返兮糜以摧咨海賈兮



君胡樂出幽險而疾平夷恟駭愁苦而以忘其
歸上黨易野恬以舒蹈蹂厚土堅無虞歧路脉
布彌九區出無入有百貨俱周游傲睨神自如
撞鍾擊鮮恣歡娛君不返兮欲誰須膠葛得聖
捐鹽魚范子去相安陶朱呂氏行賈南面孤弘
羊心計登謀謨煮鹽大冶九卿居祿秩山委收
國租賢智走諸爭下車逍遥縱傲世所趨君不
返兮謚爲愚咨海賈兮賈尚不可爲而又海是
圖死爲險魄兮生爲貪夫亦獨何樂哉歸來兮

寧君軀

## 懲咎賦第三十七

晁氏曰懲咎賦者柳宗元之所作也貞元十九年宗元爲監察御史裏行時年三十三矣王叔文韋執誼用事二人奇其才引納禁中與計議擢禮部員外郎欲大用之俄而叔文敗宗元與劉禹錫等七人俱貶而宗元爲永州司馬元和十年乃徙柳州刺史以卒初宗元竄斥崎嶇蠻瘴閒堙阨感鬱一寓於文爲離騷數十篇懲咎者悔志也其言曰苟餘齒之有懲兮蹈前烈而不頗後之君子欲成人之美者讀而悲之

懲咎愆以本始兮孰非余心之所求處卑汙以閔世兮固前志之爲尤始余學而觀古兮怪今



昔之異謀惟聰明爲可考兮追駿步而遐游潔誠之既信直兮仁友藹而萃之日施陳以繫縻兮邀堯舜與之爲師上睢盱而混茫兮下駁詭而懷私旁羅列以交貫兮求大中之所宜曰道有象兮而無其形推變乘時兮與志相迎不及則殆兮過則失貞謹守而中兮與時偕行萬類芸芸兮率由以寧剛柔弛張兮出入綸經登能抑枉兮白黑濁清蹈乎大方兮物莫能嬰奉訐謨以植內兮欣余志之有獲再徵信乎策書兮

謂炯然而不惑愚者果於自用兮惟懼夫誠之
不一不顧慮以周圖兮專兹道以爲服讒妬構
而不戒兮猶斷斷於所執哀吾黨之不淑兮遭
任遇之卒迫勢危疑而多詐兮逢天地之否隔
欲圖退而保己兮悼乖期乎曩昔欲操術以致
忠兮衆呀然而互嚇進與退吾無歸兮甘脂潤
乎鼎鑊幸皇鑒之明宥兮纍郡印而南適惟罪
大而寵厚兮宜夫重仍乎禍謫既明懼乎天討
兮又幽慄乎鬼責惶惶乎夜寤而晝駭兮類麏



麚之不息淩洞庭之洋洋兮泝湘流之沄沄飄
風擊以揚波兮舟摧抑而迴邅日霾曀以昧幽
兮黝雲涌而上屯暮屑窣以淫雨兮聽嗷嗷之
哀猨衆鳥萃而啾號兮沸洲渚以連山漂遥逐
其詎止兮逝莫屬余之形魂攢巒奔以紆委兮
東洶涌之崩湍畔尺進而尋退兮盪洄汩乎淪
漣際窮冬而止居兮羈纍棼以縈纏哀吾生之
孔艱兮循凱風之悲詩罪通天而降酷兮不亟
死而生爲逾再歲之寒暑兮猶貿貿而自持將

沈淵而隕命兮詎蔽罪以塞禍惟滅身而無後
兮顧前志猶未可進路呀以劃絕兮退伏匿又
不果為孤囚以終世兮長拘攣而轗軻曩余志
之脩蹇兮今何為此戾也夫豈貪食而盜名兮
不混同於世也將顯身以直遂兮衆之所宜蔽
也不擇言以危肆兮固羣禍之際也御長轅之
無橈兮行九折之峩峩却驚棹以横江兮泝凌
天之騰波幸余死之已緩兮宁形軀之既多苟
餘齒之有懲兮蹈前烈而不頽死蠻夷固吾所
兮雖顯寵其焉加配大中以為偶兮諒天命之



謂何

## 閔生賦第三十八

晁氏曰閔生賦者柳宗元之所作也宗元雅善蕭俛在江嶺閒貽書言情云宗元與罪人交十年官以是進辱在附會今天子定邪正海內皆欣欣怡愉而僕與四五子者淪陷如此豈非命歟然居治平終身為頑人之類猶有少耻未能盡忘蓋以叔文輩為罪人頑人謂己耻辱雖在困事當云爾者然悔厲極矣其曰閔吾生之險阸兮紛喪志以逢尤蓋自以生之不幸喪志而為此云

閔吾生之險阸兮紛喪志以逢尤氣沈鬱以杳

眇兮涕浪浪而常流膏液竭而枯居兮魄離散
而遠遊言不信而莫余白兮雖遑遑欲焉求合
喙而隱志兮幽默以待盡爲與世而斥繆兮固
離披以顛隕騏驥之棄辱兮駑駘以爲騁玄虬
蹶泥兮畏避鼁黽行不容之崢嶸兮質魁壘而
無所隱鱗介槁以橫陸兮鴟嘯羣而厲吻心沈
抑以不舒兮形低摧而自慼肆余目於湘流兮
望九疑之垠垠波淫溢以不返兮蒼梧鬱其埀
雲重華幽而野死兮世莫得其僞具岳子之悄



微兮抗危辭以赴淵古固有此極憤兮矧吾生
之藐藐鄰列往則以考己兮指斗極以自陳登高
崿而企踵兮瞻故邦之殷轔山水浩以蔽虧兮
路蓊勃以揚氛空廬頹而不理兮翳丘木之榛
榛塊窮老以淪放兮匪魑魅吾誰鄰仲尼之不
惑兮有垂訓之蘉言孟軻四十乃始持心兮猶
希勇乎黝賁顧余質愚而齒減兮宜觸禍以阽
身知徙善而革非兮又何懼乎今之人噫禹績
之勤備兮曾莫理夫兹川殷周之廓大兮南不

盡夫衡山余囚楚越之交極兮邈離絶乎中原壤汙潦以墳洳兮蒸沸熱而恒昏戲鳧鸖乎中庭兮蒹葭生於堂筵雄虺蓄形於木杪兮短狐伺景於深淵仰矜危而俯慄兮弭日夜之拳攣慮吾生之莫保兮忝代德之元醇孰眇軀之敢愛兮竊有繼乎古先神明之不欺余兮庶激烈而有聞冀後害之無辱兮匪徒蓋乎曩愆

## 夢歸賦第三十九

晁氏曰夢歸賦者柳宗元之所作也宗元旣貶悔其年少氣銳不識幾微久幽不還復貽其所知許孟容書其略云立身一敗萬事瓦裂墳墓不埽宅三易主恐一日死曠墜先緒意託孟容以少北者故作夢歸賦初言覽故都喬木而悲中言仲尼欲居九夷老子適戎以自釋末云首丘鳴號示終不忘其舊當世憐之然衆畏其才高竟廢不復云



羅擯斥以窘束兮余惟夢之爲歸精氣注以凝沍兮循舊鄉而顧懷久余寐于荒陬兮心慊慊而莫違質舒解以自恣兮息愔翳而愈微紛騰踴而上浮兮俄滉瀁之無依圓方混而不形兮顥醇白之霏霏上茫茫而無星辰兮下不見夫

水陸若有鉥余以往路兮馭儗儗以回復浮雲
縱以直度兮云濟余乎西北風纚纚以驚耳兮
類行舟迅而不息洞然於以瀰漫兮虹蜺羅列
而傾側橫衝飆以盪擊兮忽中斷而迷惑靈幽
漠以漸洎兮進怊悵而不得白日邈其中出兮
陰霾披離以泮釋施岳瀆以定位兮乎參差之
白黑崩騰上下以恫惶兮聊按衍而自抑指故
都以委墜兮瞰鄉閭以脩直原田蕪穢兮崢嶸
榛棘喬木摧解兮垣廬不飾山嵎嵎以嵓立兮



水汩汩以漂激魂恍恍若有無兮涕浪浪以隕
軾類曛黃之黯漠兮欲周流而無所極紛若喜
而佁儗兮心迴亏以纏塞鍾鼓喤以戒旦兮陶
去幽而開寤曾蔚蒙其復體兮孰云桎梏之不
固精誠之不可再兮余無蹈夫歸路偉仲尼之
聖德兮謂九夷之可居惟道大而無所入兮猶
流游乎曠野老聃遁而適戎兮指淳茫以縱步
蒙莊之恢怪兮寓大鵬之遠去苟遠適之若茲
兮胡爲故國之爲慕首丘之仁類兮斯君子之

所譽鳥獸之鳴號兮有動心而曲顧膠余哀之莫能捨兮雖判析而不悟列茲夢以往復兮極明昏而告愬

# 弔屈原文第四十

晁氏曰弔屈原文者柳宗元之所作也原沒賈誼過湘初爲賦以弔原至揚雄亦爲文而頗反其辭自㟭山投諸江以弔之誼愍原忠逢時不祥以比鸞鳳周鼎之竄棄雄則以義責原何必沉身二人者不同亦各從志也乃宗元得罪與昔人離讒去國者異太史公所謂虞卿非窮愁亦不能著書以自見於世者故補之論宗元之弔原殆因而知悔者其辭慙矣



後先生蓋千祀兮余再逐而浮湘求先生之汨羅兮擥蘅若以薦芳願荒忽之顧懷兮冀陳辭而有明先生之不從世兮惟道是就支離搶攘兮遭世孔疚華蟲薦壤兮進御羔裘牝雞咿嚘兮孤雄束咮哇咬環觀兮蒙耳大呂堇喙以爲羞兮焚棄稷黍犴獄之不知避兮宮庭之不處陷塗藉穢兮榮若繡黼榛折火烈兮娭娭笑語讒巧之嘵嘵兮惑以爲咸池便媚鞠恧兮美愈西施謂謨言之怪誣兮反寘瑱而遠違匿重痼

以諱避兮進俞緩之不可爲何先生之凛凛兮
厲鍼石而從之仲尼之去魯兮曰吾行之遲
遲柳下惠之直道兮又焉徃而可施今夫世之
議夫子兮曰胡隱忍而懷斯惟達人之卓軌兮
固僻陋之所疑委故都以從利兮吾知先生之
不忍立而視其覆墜兮又非先生之所志窮與
達固不渝兮夫唯服道以守義矧先生之悃愊
兮滔大故而不貳沉璜瘞珮兮孰幽而不光荃
蕙蔽匿兮胡久而不芳先生之皃不可得兮猶
髣髴其文章託遺編而歎喟兮渙余涕之盈眶



呵星辰而驅詭怪兮夫孰救於崩亡何揮霍雷
電兮苟爲是之荒茫耀姱辭之矘朗兮世果以
是之爲狂哀余衷之坎坎兮獨蘊憤而增傷諒
先生之不言兮後之人又何望忠誠之既內激
兮抑銜忍而不長芈爲屈之幾何兮胡獨焚其
中腸吾哀今之爲仕兮庸有慮時之否臧食君
之祿畏不厚兮悼得位之不昌退自服以默默
兮曰吾言之不行既媮風之不可去兮懷先生

之可忘

## 弔萇弘文第四十一

晁氏曰弔萇弘文者柳宗元之所作也萇弘字叔周靈王之賢臣爲劉文公之屬大夫敬王十年劉文公與弘欲城成周使告于晉魏獻子涖政恱萇弘而與之合諸侯于狄泉衞彪傒曰萇弘其不歿乎周詩有之曰天之所壞不可支也及范中行之難周人殺萇弘莊周云萇弘胣藏其血三年而化爲碧蓋語其忠誠然也宗元哀弘之以忠死故弔云

有周之羸兮邦國異圖臣乘君則兮王易爲侯威強逆制兮鬱命轉幽殄蠱膠密兮肝膽化仇姦權蒙貨兮忠勇以劉伊時云幸兮大夫之羞嗚呼危哉河渭潰溢兮橫軀以抑嵩高坼陊兮舉手排直壓溺之不慮兮堅剛以爲式知死不可撓兮明章人極夫何大夫之炳烈兮王不寤夫讒賊卒施快於剽狡兮恒就制乎強國松栢之斬刈兮蓊茸欣植盜驪折足兮罷駑抗臆鷙鳥之高翔兮孽狐惴而不食竊畏忌以羣朋兮夫孰病百而申一挺寡以校衆兮古聖人之所難矧援羸以威傲兮茲固蹈殆而違安殺身之

匪予感兮閔宗周之不完豈成城以夸功兮哀清廟之將殘嫉彪子之肆誕兮彌皇覽以爲謾姑含道以從世兮焉用夫考古以登賢指白日以致憤兮卒頹幽而不列版上帝以飛精兮黜寥廓而殄絶竭馮雲以孤愬兮終冥冥以鬱結欲登山以號辭兮愈洋洋以超忽心沍涸其不化兮形凝冰而自慄圖始而慮末兮非大夫之操蹈瑕委厄兮固衰世之道知不可而愈進兮誓不偷以自好陳誠以定命兮侔貞臣與爲友



比干之以仁類兮緬遼絶以不羣伯夷殉潔以莫怨兮孰克軌其遺塵苟端誠之內虧兮雖耆老其誰珍古固有一死兮賢者樂得其所大夫死忠兮君子所與嗚呼哀哉兮敬弔忠甫

## 弔樂毅第四十二

晁氏曰弔樂毅文者柳宗元之所作也樂毅其先曰樂羊燕昭王以子之之亂而齊大敗燕昭王怨齊未嘗一日而忘報齊也迺先禮郭隗而毅往委質焉以爲上將軍下齊七十餘城田單閒之毅畏誅遂西降趙以書遺燕惠王曰臣聞聖賢之君功立而不廢故著於春秋蚤知之士名成而不毀故稱於後世宗元傷毅之有功而不見

知而以讒廢也故弔云
大廈之傾兮風雨萃之車亡其軸兮乘者棄之
嗚呼夫子兮不幸類之尚何爲哉昭不可留兮
道不可常畏死疾走兮狂顧傍徨燕復爲齊兮
東海洋洋嗟夫子之專直兮不慮後而爲防胡
去規而就矩兮卒陷滯以流亡惜功美之不就
兮俾愚昧之周章豈夫子之不能兮無亦惡是
之遑遑仁夫對趙之悃款兮誠不忍其故邦君
子之容與兮彌億載而愈光諒遭時之不然兮
匪謀慮之不長跽陳辭以隕涕兮仰視天之茫
茫苟偷世之謂何兮言余心之不臧



乞巧文第四十三

晁氏曰乞巧文者柳宗元之所作也傳曰
周鼎鑄倕而使吃其指先王以見大巧之
不可爲也故子貢教抱甕者爲桔槔用力
少而見功多而抱甕者羞之夫鳩不能巢
拙莫比焉而屈原乃曰雄鳩之鳴逝兮吾
猶惡其佻巧原誠傷世澆僞固抵拙以爲
巧意昔之不然者今皆然矣甚之也柳宗
元之作雖亦閔時奔鶩要歸諸厚然宗元
愧拙
矣

柳子夜歸自外庭有設祠者餟餌馨香蔬果交

羅插竹垂綏剖瓜犬牙且拜且祈恠而間焉女
隷進曰今茲秋孟七夕天女之孫將嬪於河鼓
邀而祠者幸而與之巧驅去蹇拙手目開利組
紝縫製將無滯於心焉爲是禱也柳子曰苟然
歟吾亦有所大拙儻可因是以求去之乃纓弁
束袵促武縮氣旁趨曲折傴僂將事再拜稽首
稱臣而進曰下土之臣竊聞天孫專巧于天軫
轄璇璣經緯星辰能成文章黼黻帝躬以臨下
民欽聖靈仰光耀之日久矣今聞天孫不樂其



獨得貞卜於玄龜將蹈石梁款天津儷于神夫
于漢之濱兩旗開張中星耀芒靈氣翕欻茲辰
之良幸而弭節薄遊民閒臨臣之庭曲聽臣言
臣有大拙智所不化醫所不攻威不能遷寬不
能容乾坤之量包含海岳臣身甚微無所投足
蟻適于垤蝸休于殼龜黿螺蚌皆有所伏臣物
之靈進退唯辱仿佯爲狂局束爲諂吁吁爲詐
坦坦爲忝他人有身動必得宜周旋獲笑顚倒
逢嘻己所尊昵人或怒之變情徇勢射利抵巇

中心甚憎爲彼所奇忍仇佯喜悦譽遷隨胡執
臣心常使不移反人是己曾不惕疑貶名絶命
不負所知扑嘲似傲貴者啓齒臣旁震驚彼且
不恥叩稽匍匐言語譎詭令臣縮恧彼則大喜
臣若效之瞋怒叢己彼誠大巧臣拙無比王侯
之門狂吠狴犴臣到百步喉喘顛汗睢盱逆走
魄遁神叛欣欣巧夫徐入縱誕毛羣掉尾百怒
一散世途昬險擬步如漆左低右昂闖冒衝突
鬼神恐悸聖智危慄泯焉直透所至如一是獨



何工縱横不恤非天所假彼智焉出獨嗇於臣
恒使玷黜沓沓謇謇恣口所言迎知喜怒默測
憎憐搖脣一發徑中心原膠加鉗夾誓死無遷
探心扼膽踊躍拘牽彼雖佯退胡可得㨨獨結
臣舌喑抑銜冤擘眦流血一辭莫宣胡爲賦授
有此奇偏眩耀爲文瑣碎排偶抽黄對白唫哢
飛走駢四儷六錦心繡口宮沉羽振笙簧觸手
觀者舞悦誇談雷吼獨溺臣心使甘老醜嚚昏
莽鹵樸鈍枯朽不期一時以俟悠久旁羅萬金

不鬻𠒶帚跪呈豪傑投棄不有眉矉頞蹙喙唾

胷歐大赧而歸塡恨低首天孫司巧而窮臣若

是卒不余畀獨何酷歟敢願聖靈悔禍矜臣獨

艱付與姿媚易臣頑顏鑿臣方心規以大圓拔

去吶舌納以工言文詞婉軟歩武輕便齒牙饒

美眉睫增妍突梯卷臠爲世所賢公侯卿士五

屬十連彼獨何人長享終天言訖又再拜稽首

俯伏以俟至夜半不得命疲極而睡見有青褏

朱裳手持絳節而來告曰天孫告汝汝詞良苦

凡汝之言吾所極知汝擇而行嫉彼不爲汝之

所欲汝自可期胡不爲之而誑我爲汝唯知恥

諂貌淫詞寧辱不貴自適其宜中心已定胡妄

而祈堅汝之心窗汝所持得之爲大失不汙卑

凡吾所有不敢汝施致命而昇汝愼勿疑嗚呼

天之所命不可中革泣拜欣受初悲後懌抱拙

終身以死誰惕

## 憎王孫文第四十四

晁氏曰憎王孫文者柳宗元之所作也離騷以虬龍鸞鳳託君子以惡禽臭物指讒

倿而宗元
放之焉

湘水之潋潋兮其上羣山胡茲鬱而彼瘁兮善惡異居其間惡者王孫兮善者猨環行遂遁植兮止暴殘王孫兮甚可憎噫山之靈兮胡不賊旃跳踉叫嚣兮衝目宣齗外以敗物兮內以爭羣排鬭善類兮譁駭披紛盜取民食兮私己不分充嗛果腹兮驕傲驩欣嘉華美木兮碩而繁羣披競齧兮枯株根毀成敗實兮更怒喧居民怨苦兮號穹旻王孫兮甚可憎噫山之靈兮胡獨不聞後之仁兮受逐不校退優游兮惟德是儆廉來同兮聖囚禹稷合兮凶誅羣小遂兮君子違大人聚兮孽無餘善與惡不同鄉兮否泰旣兆其盈虛伊細大之固然兮乃禍福之攸趨王孫兮甚可憎噫山之靈兮胡逸而居



楚辭後語卷第五

# 楚辭後語卷第六

## 幽懷賦第四十五

晁氏曰幽懷賦者唐山南節度使李翺之所作也翺從韓愈爲文章見推當時性鯁直議論不能下人仕不得志鬱鬱無所發面斥宰相李逢吉坐此不振故翺自叙云其交有相歎者賦幽懷以荅之昔歐陽文忠公嘗云始余讀翺復性書曰此特中庸之義疏耳不作可焉意翺特秦漢間好事行義之一豪耳最後讀幽懷賦云衆囂囂而雜處兮咸歎老以嗟卑視余心之不然兮慮行道之猶非乃始太息至薄韓愈不及翺賦以謂不過羨二鳥之光榮歎一飽之無時耳又云翺怪神堯以一旅取天下而後世子孫不能以天下取河北爲憂曰嗚呼使當時君子皆易其歎老嗟卑之心爲翺所憂之心則唐之天下豈有亂與亡哉其重若是故附見於此



衆囂囂而雜處兮咸嗟老而羞卑視予心之不然兮慮行道之猶非儻中懷之自得兮終老死其何悲昔孔門之多賢兮惟回也爲庶幾超羣情以獨去兮指聖域惟高追固簞食與瓢飲兮寧服輕而駕肥望若人其何如兮慙吾德之纖微躬不田而飽食兮妻不織而豐衣援聖賢而比度兮何僥倖之能希念所懷之未展兮非悼己而陳私自祿山之始兵兮歲周甲而未夷何

神堯之郡縣兮乃家傳而自持稅生人而育卒兮列高城以相維何兹世之可久兮宜永念而遐思有三苗之逆命兮舞干羽以來之惟刑德之既修兮無遠邇而咸歸當高祖之初起兮提一旅之羸師能順天而用衆兮竟掃寇而戡隋況天子之神明兮有烈祖之前規剗弊政而還本兮如反掌之易爲苟廟堂之治得兮何下邑之能違哀孑生之賤遠兮包深懷而告誰嗟此誠之不達兮惜此道而無遺獨中夜以潛歎兮



匪吾憂之所宜

書山石辭第四十六

書山石辭者宋丞相荆國王文公安石之所作也公遊舒州山谷書此詞於潤石蓋非學楚言者而亦非今人之語也是以談者尚之

水泠泠而北出山靡靡以旁圍欲窮原而不得竟悵望以空歸

寄蔡氏女第四十七

寄蔡氏女者王文公之所作也公以文章節行高一世而尤以道德經濟爲己任被
遇
神宗致位宰相世方仰其有爲庶幾復見
二帝三王之盛而公乃汲汲以財利兵革爲先務引用凶邪排擯忠直躁迫強戾使
天下之人囂然喪其樂生之心卒之羣姦嗣虐流毒四海至於崇宣之際而禍亂極矣公又以女妻蔡卞此其所予之詞也然其言平淡簡遠翛然有出塵之趣視其平生行事心術略無豪髮肖似此夫子所以有於予改是之歎也歟鼂氏録其少作兩賦而獨遺此蓋不可曉故今特收采而幷著其本末亦使讀者無疑於宜陵絕命之章云



建業東郭望城西堠千嶂承宇百泉遶霤青遥遥兮纚屬綠宛宛兮横逗積李兮縞夜崇桃兮炫晝蘭馥兮衆植竹娟兮常茂柳蔫綿兮含姿

松偃蹇兮獻秀鳥跂兮下上魚跳兮左右顧我
兮適我有斑兮伏獸感時物兮念汝遲汝歸兮
携幼
我營兮北渚有懷兮歸女石梁兮以苫蓋綠陰
陰兮承宇仰有桂兮俯有蘭嗟女歸兮路豈難
望超然之白雲臨清流而長歎

服胡麻賦第四十八

服胡麻賦者翰林學士眉山蘇公軾之所
作也國朝文明之盛前世莫及自歐陽文



忠公南豐曾公鞏與公三人相繼迭起各
以其文擅名當世然皆傑然自爲一代之
文於楚人之賦有未數數然者獨公自蜀
而東道出屈原祠下嘗爲之賦以詆揚雄
而申原志然亦不專用楚語其輯之亂乃
曰君子之道不必全兮全身遠害亦或然
兮嗟子區區獨爲其難兮雖不適中要以
爲賢兮夫我何悲子所安兮是爲有發於
原之心而其詞氣亦若有冥會者它詞則

唯此賦爲近於橘頌故録其篇云

我夢羽人頎而長兮惠而告我藥之良兮喬松千尺老不僵兮流膏入土龜蛇藏兮得而食之壽莫量兮於此有草衆所嘗兮狀如狗蝨其莖方兮夜炊晝曝乆乃臧兮伏苓爲君此其相兮我與發書若合符兮乃淪乃烝甘且腴兮補塡骨髓流髮膚兮是身如雲我何居兮長生不死道之餘兮神藥如蓬生爾廬兮世人不信空自劬兮搜抉異物出怪迂兮槁死空山固其所兮至陽赫赫發自坤兮至陰肅肅躋於乾兮寂然反照珠在淵兮沃之不滅又不燔兮長虹流電光燭天兮嗟此區區何與於其間兮譬之膏油火之所傳而已耶

毀壁第四十九

毀壁者豫章黄太史庭堅之所作也庭堅以能詩致大名而尤以楚辭自喜然以其有意於奇也泰甚故論者以爲不詩若也獨此篇爲其女弟而作蓋歸而失愛於其

姑死而猶不免於水火故其詞極悲哀而

不暇於爲作乃爲賢於它語云

毀璧兮隕珠執手者兮問過愛憎兮萬世一軌居物之忌兮固常以好爲禍着桃茢兮飯汝有席兮不嬪汝坐歸來兮逍遥采芝之英兮禦饑淑善兮清明陽春兮玉冰畸於世兮天脫其纓愛罥人兮生冥冥棄汝陽侯兮遇汝曾不如生未可以去兮殆其雛嬰衆雛羽翼兮故巢傾歸來兮逍遥西江浪波何時平山㟮㟮兮猿鶴同社瀑垂天兮雷霆在下雲月爲晝兮風雨爲夜得意山川兮不可繪畫寂寥無朋兮去道如咫彼幽坎兮可謝歸來兮逍遥增膠兮不聊此暇辛章

疑有誤字

## 秋風三疊第五十

秋風三疊者原武邢居實之所作也居實恕子自少有逸才大爲蘇黄諸公所稱許而不幸蚤死其爲此時年未弱冠然味其言神會天出如不經意而無一字作今人

語同時之士號稱前輩名好古學者皆莫
能及使天壽之則其所就豈可量哉

秋風夕起兮白露爲霜草木憔悴兮竊獨悲此
衆芳明月皎皎兮照空房晝日苦短兮夜未央
有美一人兮天一方欲往從之兮路渺茫登山
無車兮涉水無航願言思子兮使我心傷
秋風淅淅兮雲冥冥鵙梟晝號兮蟋蟀夜鳴歲
月徂邁兮忽如流星少壯幾時兮老冉冉其相
仍展轉反側兮從夜達明悵獨處此兮誰適爲
情長歌激烈兮涕泣交零願言思子兮使我心



怦
秋風浩蕩兮天宇高羣山逶迤兮溪谷寂寥登
高望遠兮不自聊駕言適野兮誰與遊遨空原
無人兮四顧蕭條猿狖與伍兮麋鹿爲曹浮雲
千里兮歸路遙遙願言思子兮使我心勞

鞠歌第五十一

鞠歌者橫渠張夫子之所作也自孟子沒
而聖學不得其傳至是蓋千有五百年矣

夫子蚤從范文正公受中庸之書中歲出入於老佛諸家之説左右采獲十有餘年既自以爲得之矣晩見二程夫子於京師聞其論説而有警焉於是盡棄異學醇如也嘗見

神宗顧問治道之要即以漸復三代爲對退與宰相議不合因謝病歸著訂頑正蒙等書數萬言閒閲古樂府詞病其語卑乃更作此以自見并以寄二程云

鞠歌胡然兮邈余樂之不猶宵耿耿其不寐兮日孜孜焉繼余乎厥脩井行惻兮王收曷賈不售兮阻德音其幽幽述空文以見志兮庶感通乎來古搴昔爲之純英兮又申申其以告鼓弗躍兮麾弗前千五百年兮寥哉闊焉謂天實爲兮則吾豈敢嗟審己茲乾乾

擬招第五十二

擬招者京兆藍田呂大臨之所作也大臨受學程張之門其爲此詞蓋以寓夫求放

心復常性之微意非特爲詞賦之流也故
附張子之言以爲是書之卒章使游藝者
知有所歸宿焉
上帝若曰哀我人斯資道之微肖天之儀神明
精粹降爾徳兮予無汝欺視聽食息皆有則兮
予何敢私顧弱喪以流徙返故居兮謬迷圏豚
放馳散無適歸蟻慕羊羶聚附弗離予哀若時
魂莫予追乃命巫陽爲予招之陽拜稽首敢不
祗承上帝之耿命退而招之以辭辭曰魂乎來

歸魂無東大明朝生兮啓羣蒙萬物揺蕩兮隱
以風遷流正性兮失厥中魂兮來歸魂無南離
明獨照兮萬物瞻文章煥發兮不可緘夸淫侈
大兮志弗厭魂兮來歸魂無西日入昧谷兮草
木萎實落材成兮雖有時志意彫謝兮與物衰
魂兮來歸魂毋北幽都闇黮兮深蔽塞歸根獨
有兮專靜默有心獨藏兮各爲徳魂乎來歸魂
無上清陽朝徹兮文惚恍絶類離羣兮入無象
杳然高舉兮極驕亢魂兮來歸魂毋下素位安

行兮以時舍沉濁下流兮甘土苴固哉成形兮
不知化魂兮來歸反故居盍歸休兮復吾初範
博厚以爲宮兮戴高明以爲廬植大中以爲常
産兮蘊至和以爲廚動震雷以鼓昕兮守艮山
以止隅秉離明以爲燭兮御巽風以行車守吾
坎以禦侮兮開吾兌以進趨資糧械器惟所用
兮何物之不儲四方上下惟所之兮何適而非
塗雖備物以致用兮廓吾府而常虛縱奔鶩以
終日兮燕吾居而晏如惟寞惟寂疑有疑無其
尊無對其大無餘曷自苦兮一方拘魂兮來歸
反故居

楚辭後語卷第六

楚辭後語者我
宋文公朱先生之所作也其述作之本意
先生自序之詳矣而其編定此書之時與
夫論著之詳略則又已見於　先生之季
子通守監簿君之後序應龍生晚不及侍
先生函丈獨幸與監簿君同朝及來溫陵
又爲僚相好也暇日因從問　先生平日
述作大槩以爲它書已行於世獨此編乃
晚年所定猶未及卒業故人未及見而首
以示應龍因得伏而讀之其微詞奧義不



一而足獨論漢揚雄則反覆屢致其意其
序反騷也則以爲屈原之罪人離騷之讒
賊其序胡笳也則以爲非怨琰亦以甚雄
之惡夫揚雄以好深沈之思作爲雅麗之
文後世讀之未有以爲非者而　先生待
之不少恕如此抑應龍嘗就監簿君借
先生所作資治通鑑綱目之書讀之見其
所書雄之死曰莽大夫揚雄卒則知

先生之所以貶雄者其意蓋有在也嗚呼
嚴哉後之攬者儻知　先生所以去取之
意而明三綱五常之義如讀春秋而亂臣
賊子懼者則庶乎其不蹈騷人之失而
先生此書爲不苟作矣應龍不敏何足以
識　先生之指意特見而謂之知之謂耳
因以是說諗於監簿君君曰然乃敬書其
後而歸之嘉定壬申重九後一日邵武鄒
應龍書於温陵郡齋



先君晚歲草定此編蓋本諸晁氏續變二
書其去取之義精矣然未嘗以示人也每
章之首皆略叙其述作之由而因以著其
是非得失之跡獨思玄悲憤及復志賦以
下至于幽懷則僅存其目而未及有所論
述故今於此十九章之叙皆因晁氏之舊
而書之若夫鞠歌擬招二章則非歸來子
之書所及者讀者又當有以識夫旨意於
言詞之外也嘉定壬申仲秋在　始取遺藁

謄寫成編捧玩手澤如新而音容不復可
見矣因涕泣而書其後又五年歲在丁丑
補外來守星江寔嗣世職旣取郡齋所刋
楚詞集注重加校定復併刻此書庶幾並
行且以識予心之悲也中秋日在謹記

吊屈服賦已見續騷反騷一篇亦附卷
末而後語之作皆復收入其本旨旣不
可知而二集並存則爲重複今以反騷
著於此而賈賦二章則存其目庶幾二



集若相爲用不可偏廢而纂輯之意或
以是而得之至於思玄以下十九章用
歸來子之說而未經刋定者姑以附注
於篇目之下云端平乙未秋七月朔孫
承議郎權知興國軍兼管內勸農營田
事節制屯戍軍馬　鑑　百拜敬識